In the hottest month,
on the hottest day,
in the city of Dreamers,
California—LA,

• • •

Era el día más caluroso
del mes más caluroso
en la ciudad de Soñadores,
Los Ángeles. ¡Qué hermoso!

To Alisha. The dreamiest of dreamers. —L.D.

For my mom, lover of words and hider of the good ice cream.
Sorry for all the times I found it. —M.P.

◆ ◆ ◆

Para Alisha. La soñadora más soñadora. —L.D.

Para mi mamá, amante de las palabras y "escondedora" del helado bueno.
Lo siento por todas las veces que lo encontré. —M.P.

PALETERO MAN

¡QUÉ PALETERO TAN COOL!

by Latin Grammy winner /
escrito por el ganador
del Premio Grammy Latino
LUCKY DIAZ

illustrated by / ilustrado por
MICAH PLAYER

translated by / traducido por
la Dra. CARMEN TAFOLLA

HarperCollins Español
Una rama de HarperCollinsPublishers

In loving memory of Tilt Tyree, 1977–2020. He turned daydreams into memories and friends into family. –Micah and Lucky

En memoria de Tilt Tyree, 1977–2020. Él convirtió sueños en memorias y amistades en familia. –Micah y Lucky

HarperEspañol is an imprint of HarperCollins Publishers • Paletero Man/¡Qué paletero tan cool! • Text copyright © 2021 by Lucky Diaz • Illustrations copyright © 2021 by Micah Player Translation by Dr. Carmen Tafolla, 2022. All rights reserved. Manufactured in Italy. • No part of this book may be used or reproduced in any manner whatsoever without written permission except in the case of brief quotations embodied in critical articles and reviews. For information address HarperCollins Children's Books, a division of HarperCollins Publishers, 195 Broadway, New York, NY 10007. www.harpercollinschildrens.com • ISBN 978-0-06-321635-8 (trade bdg.) — ISBN 978-0-06-321636-5 (pbk.) The artist used Adobe Photoshop to create the digital illustrations for this book. • Typography by Chelsea C. Donaldson 22 23 24 25 26 RTLO 10 9 8 7 6 5 4 3 2 1 ❖ First Bilingual Edition, 2022

I grab my dinero
and make my way
to find my friend
Paletero José!

• • •

Reuní mi money,
¡y a la calle volé!
pues quería encontrar
al paletero José.

Pushing his cart
full of cool treats,
bailando, he dances
to mariachi beats.
He has dozens of flavors.
Mmm—I can already taste.

• • •

El paletero es muy cool.
Feliz baila con su carreta
a un ritmo de mariachi
que da sabor a cada paleta.

Will he have my favorite?
There's not a second to waste!

◆ ◆ ◆

Tiene muchos sabores,
pero ¿tendrá mi favorito?
No quiero que se acaben.
Corro ¡muy rapidito!

There's Tío Ernesto!
He asks, "Tamale today?"

• • •

Veo al tío Ernesto,
con bigote y delantal.
Alegre me pregunta:
—¿Quieres un tamal?

¡No, gracias, Tío!
Where's Paletero José?

• • •

No, thank you, tío,
pero le agradeceré
si me dice dónde anda
el paletero José.

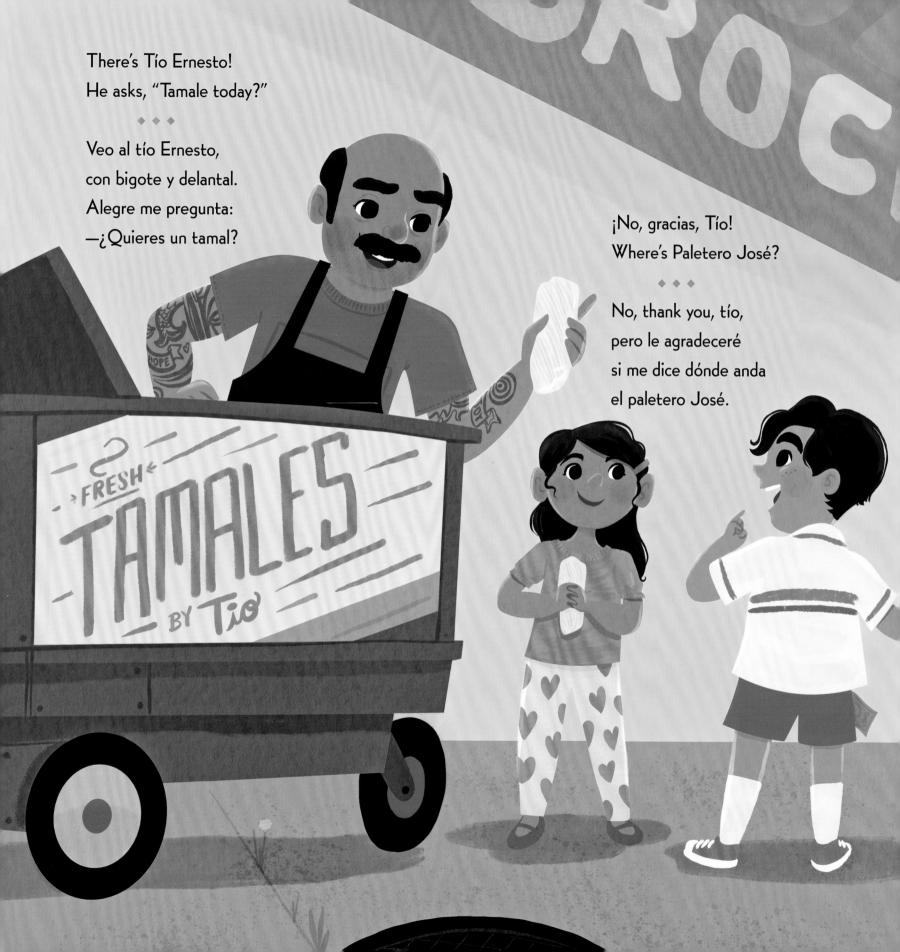

Can you hear his call?
Paletas for one!
Paletas for all!

¡Vengan a comprar!
Paleta para uno
¡o pa' to'a la vecindad!

Un aroma is calling,
caught in the breeze.
It's a BBQ smell
coming from Ms. Lee's!

• • •

Me atrae un grato aroma,
en la brisa lo olí.
Es la rica barbacoa
de la amable seño Lee.

"Hola, querido.
Would you like a sample today?"

• • •

Hi, sweetie! ¿Quieres probar?
Te gustará mucho, yo sé.

¡No, gracias, señorita!
Where's Paletero José?

• • •

No, thank you. Quiero saber
dónde anda el paletero José.

Can you hear his call?
Paletas for one!
Paletas for all!

• • •

¡Vengan a comprar!
Paleta para uno
¡o pa' to'a la vecindad!

The only wa[...]
to beat this[...]
is with an i[...]
paleta treat[...]

◆ ◆ ◆

La única ma[...]
de aguantar[...]
es con una [...]
de sabor mu[...]

There's my friend
from the bike shop.

• • •

Ahí veo a mi amigo
en el taller de bicicletas.

Lo siento, Frank.
There's no time to stop!

• • •

Sorry, Frank.
No hay tiempo de visitas.

RING! RING!
RING! RING!

¡PALETAS! ¡PALETAS!

Can you hear his call?
Paletas for one!
Paletas for all!

◆ ◆ ◆

¡Vengan a comprar!
Paleta para uno
¡o pa' to'a la vecindad!

Will he have all the flavors,
the colors I love?
Horchata, canela,
the kind I dream of.

¿Chocolate, elote,
sandía, o fresa,
arroz con leche,
miel, o cereza?

¿Tendrá de todos los sabores?
¿De horchata o cookies con cream?
¿Mis colores preferidos,
que sueño en mis dreams?

Chocolate, corn,
honey, or fresa,
arroz con leche,
watermelon, or cereza?

"RING!"

RING!

RING!

¡PALETAS!

¡PALETAS!

¡PALETAS!

Can you hear his call?
Paletas for one!
Paletas for all!

• • •

¡Vengan a comprar!
Paleta para uno
¡o pa' to'a la vecindad!

Here he is!
Paletero José!
Finally, I'll get cool
on this very hot day!

◆ ◆ ◆

¡Aquí está! ¡Aquí está él!
¡José el paletero!
¡Al fin podré refrescarme
con la paleta que yo quiero!

He has all my favorites!
Can it be true?
¡Chocolate, vainilla,
y melón, too!

• • •

Tiene todos mis favoritos.
Esa es mi gran pasión;
chocolate, vanilla,
¡y hasta melón!

But today I'd like piña.
Do you have that sabor?
He smiles a big smile—
"¡Claro! Para ti, ¡el mejor!"

◆ ◆ ◆

Pero más que todo, adoro la piña.
¿Tendrá ese sabor?
—¡Claro! —sonríe y me guiña—.
For you always ¡lo mejor!

I reach into my pocket
to pay for my paleta . . .

◆ ◆ ◆

Meto la mano en mi bolsillo
para pagar por la paleta . . .

¡Mi dinero! My money!
¡Está perdido!
It's missing. It's lost!
¿A dónde se ha ido?

What will I do?
What can I say?
How can I buy
my paleta today?

• • •

My money! Mi dinero!
It disappeared out of thin air.
No está aquí. ¡Está perdido!
It could be anywhere!

—¿Qué voy a hacer?,
¿qué le diré? —yo me repetía—.
¿Cómo voy a comprar
mi paleta preferida?

And just at that moment,
who do I see?
My neighborhood friends,
Tío, Frank, and Ms. Lee.

Fue en ese momento
que llegó el trío.
Justo a tiempo, mis amigos:
Frank, la seño Lee y el tío.

"We called out your name
when we saw your coins drop,
but you must have not heard us,
because you didn't stop."

◆ ◆ ◆

—Tu nombre hemos gritado
al ver tus monedas caer.
Tal vez no nos escuchaste,
pues no paraste de correr.

Muchas gracias, amigos.
What would I have done?
I guess I dropped my money
when I was on the run.

◆ ◆ ◆

Thank you so much, my friends!
No sabía que hacer.
Corriendo por el barrio,
no lo vi caer.

"Kindness for all!"
shouts Paletero José.
"I have a surprise
that will brighten your day.

◆ ◆ ◆

—Cariñitos para todos
—el paletero José grita—.
Les tengo una sorpresa
que será muy sabrosita.

"Oye, amigos—
paletas on me.
Because of your kindness
the paletas are free!

◆ ◆ ◆

—Por el cariño que mostraron
y la bondad entre sí,
las paletas serán gratis
para todos aquí.

"Whether it's stormy
or whether it's sunny,
whether or not
you have any money,

◆ ◆ ◆

—Ya sea nublado,
soleado o bajo un aguacero,
es tuyo el día
¡con o sin dinero!

"I'll always help out an amigo in need.

• • •

—Con gusto ayudaré donde hay necesidad.

Yo te prometo—

• • •

I promise to be . . .

an amigo indeed!"

• • •

un amigo de verdad.

PALETAS

TOSE'S

In the hottest month,
on the hottest day,
we have fun in the sun
with Paletero José.

◆ ◆ ◆

¡Qué cool este paletero!
Es el mes mas caluroso, ¡¿y qué?!
Vamos a divertirnos
con my friend, el paletero José.

"RING! RING! RING!"

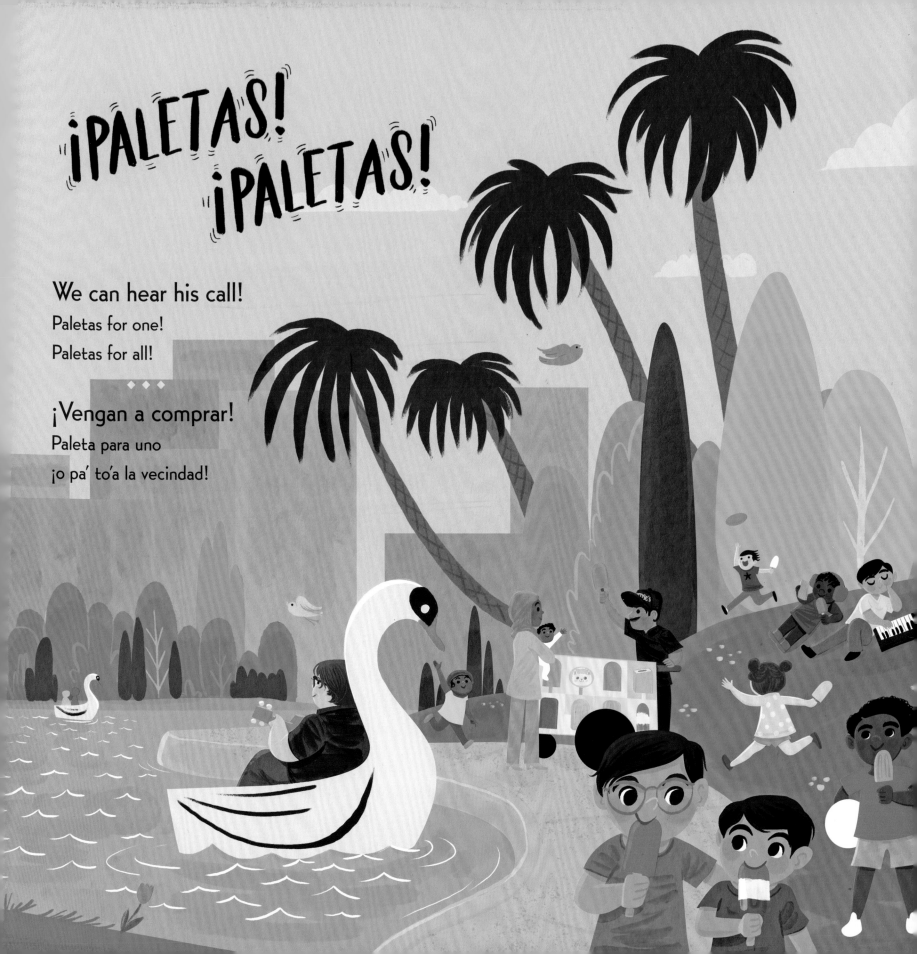

¡PALETAS! ¡PALETAS!

We can hear his call!
Paletas for one!
Paletas for all!

¡Vengan a comprar!
Paleta para uno
¡o pa' to'a la vecindad!

Author's Note

The smell of street tacos, the vivid rainbow colors of vendor umbrellas, and the sounds of children choosing their favorite flavor from the paletero cart on a Saturday afternoon. These are some of the sights and sounds of Eighth Street in Los Angeles. My neighborhood, my home, and my inspiration for *Paletero Man*—the book and song.

Spanning the neighborhoods from Koreatown to Boyle Heights, Eighth Street has endless numbers of taquerias, K-town BBQs, colorful murals, and vendor-lined streets. This historic stretch is also the birthplace of the immigrant street food vending culture in Los Angeles. Snack trips to the elotero cart (Mexican street corn), visits to our friend selling tamales out of her cooler on the corner, and, of course, weekend paletas in the park really shape our lives and fill our stomachs.

As a Mexican American and an Angeleno, I've taken great pride and joy in writing and sharing this picture book with you. And as a Chicanx parent, being able to celebrate our vibrant culture and read this book with my daughter is really the most special experience of all.

I hope you taste and imagine the fun of choosing your own refreshing paleta when reading *Paletero Man*.

Nota del Autor

El aroma de los tacos de la calle, los colores brillantes del arcoíris en las sombrillas de los vendedores y la algarabía de los niños escogiendo sus sabores favoritos del carrito del paletero durante un sábado por la tarde. Estos son los sonidos y las vistas de la Calle 8 en Los Ángeles —mi barrio, mi hogar y mi inspiración para escribir el libro"¡Qué paletero tan cool!" y la canción de "Paletero Man."

Desde los vecindarios del barrio coreano hasta Boyle Heights, la Calle 8 tiene taquerías sin fin, puestos de barbacoa coreana, murales coloridos y calles llenas de vendedores. Esta vecindad histórica es también donde nació la cultura de la venta de comida ambulante de los vendedores inmigrantes en Los Ángeles. Las visitas al carrito del elotero, a nuestra amiga que vende en la esquina tamales en su hielera y, por supuesto, las paletas en el parque cada fin de semana le dan forma a nuestra vida y nos llenan el estómago.

Como mexicoamericano y angelino, me ha llenado de orgullo y gozo el escribir y compartir este libro infantil con ustedes. Como padre chicano, el poder celebrar nuestra cultura dinámica y leer este libro con mi hija es la experiencia más especial de todas.

Ojalá que disfruten el sabor e imaginen el gusto de escoger su propia paleta refrescante mientras leen "¡Qué paletero tan cool!"

Buen provecho,

Lucky Diaz

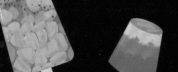